Marco Simbola

Il mio giorno primo ed ultimo

Marco Simbola

Il mio giorno primo ed ultimo

Il Cantico dei Cantici

Edizioni Sant'Antonio

Imprint
Any brand names and product names mentioned in this book are subject to trademark, brand or patent protection and are trademarks or registered trademarks of their respective holders. The use of brand names, product names, common names, trade names, product descriptions etc. even without a particular marking in this work is in no way to be construed to mean that such names may be regarded as unrestricted in respect of trademark and brand protection legislation and could thus be used by anyone.

Cover image: www.ingimage.com

Publisher:
Edizioni Accademiche Italiane
is a trademark of
International Book Market Service Ltd., member of OmniScriptum Publishing Group
17 Meldrum Street, Beau Bassin 71504, Mauritius

Printed at: see last page
ISBN: 978-613-8-39129-6

Introduzione

Il Cantico dei Cantici occupa una posizione davvero singolare nel complesso dei libri della Sacra Scrittura: poema complesso dell'amore, richiede, per essere adeguatamente compreso, uno sguardo più da innamorato che da studioso. Affascinante da un lato e quanto mai enigmatico dall'altro, è un testo che sicuramente non lascia indifferente chiunque lo legga con un minimo di attenzione. Negli anni del mio ministero sacerdotale mi sono progressivamente accostato a questo libro; all'inizio ero mosso più che altro da curiosità, poi sentivo di provare ammirazione, in seguito ho cominciato ad aprire quelle pagine con devozione sconfinata, intuendo di trovare in esse una fonte purissima di vita spirituale. Ora però trovo più vero cercare nei vari poemi di cui è composto il Cantico dei Cantici e nei suoi stessi simboli, una serie di promesse e di indicazioni che Dio stesso suggerisce al mio discernimento affinché io liberi sempre più il mio cuore e lo apra come non ho mai fatto prima, alla imprevedibile vitalità dell'amore. A prima vista collocare la mia vocazione nella scia di questo insuperabile poema può aprire più l'operazione di uno spirito audace e presuntuoso, piuttosto che l'atto di fiducia di un credente umile e penitente. Sono però convinto che il Cantico sia come un grande fiume e la mia vocazione una delle tante minuscole gocce d'acqua. Tutto quello che devo fare è lasciarmi prendere dal fiume e dire quello che provo vivendo nella sua corrente. Questa è la mia testimonianza. Posso solo dire: provare per credere! In fondo questo libretto serve a questo scopo, cioè offrire a chi lo desidera la mia bella esperienza. Il Cantico dei

Cantici è composto da una varietà di poemi nei quali è offerta una trattazione allegorica ma soprattutto spirituale delle stagioni fondamentali dell'anima, sempre in lotta fra l'amore di sé e l'amore per il Diletto. L'insieme dell'operetta costituisce un interessante modello di itinerario spirituale, nel quale l'anima scopre la sua grandezza proprio nel momento in cui accetta la sua piccolezza ed insignificanza agli occhi del mondo. Stiamo già all'interno del Mistero Pasquale, meta e sorgente di ogni cammino di vita. La raccolta di poemi armoniosi che dà forma definitiva e canonica al libro del Cantico dei Cantici non presenta un andamento rettilineo, procede invece come a balzi, tra momenti di intensa partecipazione e di solare sicurezza e passaggi di angoscia e di notturna solitudine. Rileggendo cosi la mia storia vocazionale alla luce del Cantico posso riannodare tutti i fili dispersi e costruire un nuovo ordine all'interno del dialogo non facile mai interrotto fra il mio Diletto e la mia anima. Attraverso il Cantico ho potuto così scoprire di essere cercato, ho imparato ad amare e ad essere amato, ad ascoltare il Silenzio, ad entrare nella Notte che è più luminosa del mio giorno; grazie al Cantico so che posso ricevere il Tutto attraverso il nulla, posso avere in sorte il Molto semplicemente accontentandomi del poco. San Francesco ha detto tutto questo e molto di più con insuperabile semplicità, quando ha posto ogni sofferenza e piccolezza umana fra le braccia del Crocifisso, coniando l'espressione che per me è ancora una invocazione: "è qui la perfetta letizia".

Il Cantico dei Cantici esprime secondo me l'ansia per la "totalità" raccolta in uno sguardo; di questo ho trovato conferma in un prolungamento dello stesso cantico delle Creature composto fra i ghiacci: mi riferisco alle lettere di Pavel A. Florenskij scritte alla famiglia durante la sua prigionia nel Gulag delle isole Solovki al largo del mar Bianco. Questo grande matematico, filosofo e sacerdote russo, mistico e martire del secolo scorso, scrive al figlio Kirill il 21 Febbraio del 1937: “Che cosa ho fatto per tutta la vita? Ho contemplato il mondo come un insieme, come un quadro una realtà unica, ma a ogni istante dato, o più precisamente in ogni fase della mia vita, da un determinato punto di vista. Le angolature mutavano, tuttavia l’una non annullava l’altra, ma la arricchiva, cambiando; è qui la ragione della continua dialettica del pensiero assieme al costante orientamento di guardare il mondo come un unico assieme “.

Cantico dei Cantici di Salomone.

Ogni composizione all'interno dell'unico Cantico rappresenta una stagione dell'anima, un momento particolare della sua crescita, una stagione della sua storia. Non si tratta però di fasi successive, ma piuttosto di dimensioni sempre presenti anche se con varie intensità: esse si intrecciano e si accavallano, si pongono in diversa scala gerarchica all'interno di ciascuna persona, evidenziando così l'originalità ed unicità di ogni individuo, di ogni chiamato.

SENTIRE

Parole

Tra me

E l'apparenza che mi attende.

Incerto appare il giorno,

ma grande il cammino:

ultima e antica immagine

della mia unica fiaba,

memorie

e suoni

che fanno ancora

ingigantire il cuore.

Nuove verità

Uscite dai miei sogni

Si accompagnano

Al delicato gusto

Del domani

E sento quella parte di me

ancora non tradita

ripetermi

la serietà del divenire.

Questo poco di speranza,

da poco diventata solo cielo

è l'unico motivo rimasto

per pregare.

Mi baci con i baci della sua bocca!

Si migliore del vino è il tuo amore.

Inebrianti sono i tuoi profumi per la fragranza,

aroma che si spande è il tuo nome:

per questo le ragazze di te si innamorano.

Trascinami con te, corriamo!

M'introduca il re nelle sue stanze:

gioiremo e ci rallegreremo di te,

ricorderemo il tuo amore più del vino.

A ragione di te ci si innamora! (Ct 1,2-4)

I sentimenti sono sicuramente la base di tutto. La vocazione si presenta all'inizio sotto forma di attrazione, una sollecitazione del desiderio che porta a guardarsi attorno, a muoversi in una direzione ben precisa. L'attrazione non è irresistibile, ma avvolta da un fascino e da un interesse unici ed irripetibili. Un impegno quotidiano nella vocazione consiste nel lavorare sui sentimenti: questo si impara con fatica e attraverso un esercizio quotidiano. L'importante è non lasciare che i sentimenti, una delle voci più pure del soprannaturale all'interno del nostro cuore, evaporino in un insieme di emozioni senza capo né coda, come sbuffi di fumo spirituale capace solo di prender subito l'orientamento stabilito dal vento.

DEBOLEZZA

Andare sempre avanti

Ben oltre i pensieri di chiarezza

O le ansietà nutrite di ricordi

Un tempo nuovo in cui

Stare con me stesso

Nella verità

Senza apprensioni.

Bruna sono,
ma bella

o Figlie di Gerusalemme

come le tende di Kedar

come le cortine di Salomone.

Non state a guardare se sono bruna

Perché il sole mi ha abbronzata.

I figli di mia madre si sono sdegnati con me:

mi hanno messo a guardare le vigne;

la mia vigna, la mia, non l'ho custodita.
Dimmi, o amore dell'anima mia,
dove vai a pascolare le greggi,
dove le fai riposare al meriggio,
perché io non debba vagare
dietro le greggi dei tuoi compagni?
Se non lo sai tu, bellissima tra le donne,
segui le orme del gregge
e pascola le tue caprette
presso gli accampamenti dei pastori.
Alla puledra del cocchio del faraone
Io ti assomiglio, amica mia.
Belle sono le tue guance fra gli orecchini,
il tuo collo tra i fili di perle.
Faremo per te orecchini d'oro
Con grani d'argento.
Mentre il re è sul divano
Il mio nardo effonde il suo profumo.
L'amato mio è per me un sacchetto di mirra,
passa la notte tra i miei seni.

L’amato mio è per me un grappolo di cipro

Nelle vigne delle Engaddi.

Quanto sei bella, amata mia, quanto sei bella!

Gli occhi tuoi sono colombe.

Come sei bello, amato mio, quanto grazioso!

Erba verde è il nostro letto,

di cedro sono le travi della nostra casa,

di cipresso il nostro soffitto.

Io sono un narciso nella pianura di Saron,

un giglio nelle valli .

come un giglio tra i rovi,

cosi l’amica mia tra le ragazze.

Come un melo tra gli alberi del bosco,

cosi l’amato mio tra i giovani.

Alla sua ombra desiderata mi siedo,

è dolce il frutto al mio palato.

Mi ha introdotto nella cella del vino

E il suo vessillo su di me è amore .

Sostenetemi con focacce d’uva passa,

Rinfrancatemi con mele,

perché io sono malata d'amore.

La sua sinistra è sotto il mio capo

E la sua destra mi abbraccia.

Io vi scongiuro, figlie di Gerusalemme,

per le gazzelle o per le cerve dei campi:

non destate, non scuotete dal sonno l'amore,

finché non lo desideri. (Ct 1,5-2,7)

La debolezza non è la fragilità né un senso di incapacità o di inadeguatezza: per queste sarebbero solo emozioni. Il senso di debolezza è piuttosto un dono molto serio ed importante da parte di Dio, attraverso il quale Egli ci fa scoprire di essere totalmente relativi a Lui. Siamo così continuamente sollecitati ad uscire da noi stessi, per metterci in cammino, in ricerca. Non si tratta di un'operazione indolore: ci accorgiamo di avere una contraddizione in noi stessi, fra ciò che siamo e ciò che vorremmo essere e questa constatazione produce in noi prima sgomento e poi affidamento.

RISVEGLIO

Cerco sempre

Quel che non potrò mai avere

E che pur mi plasma

Notte e giorno,

perché non sono il vento

che se ne può andare

dove lui vuole,

ma sono un uomo,

sospeso fra l'amore

e l'avventura

tra l'istinto che c'è in me

e la fedeltà al mio destino,

provvisorio e contingente

come l'eterno

prima corteggiato

e poi confuso.

Una voce! L'amato mio!

Eccolo, viene

Saltando per i monti,

balzando per le colline.

L'amato mio somiglia a una gazzella

O ad un cerbiatto.

Eccolo, egli sta

Dietro il nostro muro;

guarda dalla finestra

spia dalle inferriate.

Ora l'amato mio prende a dirmi:

"Alzati amica mia,

mia bella, e vieni, presto!

Perché, ecco, l'inverno è passato,

è cessata la pioggia, se n'è andata;

i fiori sono apparsi nei campi,

il tempo del canto è tornato

e la voce della tortora ancora si fa sentire

nella nostra campagna.

Il fico sta maturando i primi frutti

E le viti in fiore spandono profumo.

Alzati amica mia.

Mia bella. E vieni presto!

O mia colomba,

che stai nelle fenditure della roccia,

nei nascondigli dei dirupi,

mostrami il tuo viso,

fammi sentire la tua voce,

perché la tua voce è soave,

il tuo viso incantevole".

Prendeteci le volpi,

le volpi piccoline

che devastano le vigne:

le nostre vigne sono in fiore.

Il mio amato è mio e io sono sua;

egli pascola fra i gigli.

Prima che sprizzi la brezza del giorno

E si allunghino le ombre,

ritorna, amato mio, simile a gazzella

o a cerbiatto

sopra i monti gli aromi.

Sul mio letto, lungo la notte, ho cercato

L'amore dell'anima mia,

l'ho cercato, ma non l'ho trovato.

Mi alzerò e farò il giro della città

Per le strade e per le piazze;

voglio cercare l'amore dell'anima mia.

L'ho cercato, ma non l'ho trovato.

Mi hanno incontrato le guardie che fanno la ronda in città:

"Avete visto l'amore dell'anima mia?

Da poco le avevo oltrepassate,

quando trovai l'amore dell'anima mia.

Lo strinsi forte e non lo lascerò,

finché non lo abbia condotto nella casa di mia madre,

nella stanza di colei che mi ha concepito.

Io vi scongiuro, figlie di Gerusalemme,

per le gazzelle o per le cerve dei campi:

non destate, non scuotete dal sonno l'amore,

finché non lo desideri. (2,8-3,5)

Il risveglio non è l'uscita della pigrizia e dell'apatia. In questo caso sarebbe più che altro uno sforzo della volontà. Il risveglio nella vocazione è piuttosto l'uscita della agitazione, dell'attivismo che intorpidisce non la volontà ma la sensibilità. Il risveglio è la scoperta di un mondo nuovo all'interno di quello che credevamo di conoscere e per il quale avevamo dato fino a poco prima tanta importanza.

PREGHIERA

E' troppo facile lottare

Con le mie certezze,

fino a farle diventar migliori

e più attuali,

tutto quello che voglio invece

è esser vinto

colpito a morte

col mio stesso nome

e benedetto.

Chi sta salendo dal deserto

Come una colonna di fumo,

esalando il profumo di mirra e incenso

ed ogni polvere di mercanti?

Ecco: la lettiga di Salomone:

sessanta uomini prodi le stanno intorno,

tra i più valorosi di Israele.

Tutti sanno maneggiare la spada,

esperti nella guerra;

ognuno porta la spada al fianco

contro il terrore della notte.

Un baldacchino si è fatto il re Salomone

Col legno del Libano.

Le sue colonne le ha fatte d'argento

D'oro la sua spalliera;

il suo seggio è di porpora,

il suo interno è un ricamo d'amore

delle figlie di Gerusalemme.

Uscite, figlie di Sion,

guardate il re Salomone

con la corona di cui lo cinse sua madre

nel giorno delle sue nozze,

giorno di letizia del suo cuore.

Quanto sei bella, amata mia, quanto sei bella!

Gli occhi tuoi sono colombe,

dietro il tuo velo.

Le tue chiome sono come gregge di capre,

che scendono dal monte Galaad.

I tuoi denti sono come gregge di pecore tosate,

che risalgono dal bagno;

tutte hanno gemelli,

nessuna di loro è senza figli.

Come nastro di porpora le tue labbra,

la tua bocca è piena di fascino;

come spicchio di melagrana è la tua tempia

dietro il tuo velo.

Il tuo collo è come la torre di Davide,

costruita a strati .

Mille scudi vi sono appesi

Tutte armature di eroi.

I tuoi seni sono come due cerbiatti,

gemelli di una gazzella,

che pascolano tra i gigli,

prima che sprizzi la brezza del giorno

e si allungano le ombre,

me ne andrò sul monte della mirra

e sul colle dell'incenso.

Tutta bella sei tu, amata mia,

e in te non vi è difetto.

Vieni dal libano, o sposa,

vieni dal Libano, vieni!

Scendi dalla vetta dell'Amana,

dalla cima del Senir e dell'Ermon,

dalle spelonche dei leoni,

dai monti dei leopardi.

Tu mi hai rapito il cuore,

sorella mia, mia sposa,

tu mi hai rapito il cuore

con un solo tuo sguardo,

con una perla sola della tua collana!

Quanto è soave il tuo amore!

Sorella mia, mia sposa,

quanto più è inebriante del vino è il tuo amore,

e il profumo dei suoi unguenti, più dio ogni balsamo.

Le tue labbra stillano nettare, o sposa,

c'è miele e latte sotto la tua lingua

e il profumo delle tue vesti è come quello del Libano.

Giardino chiuso tu sei,

sorella mia, mia sposa,

sorgente chiusa, fontana sigillata.

I tuoi germogli sono paradiso di melagrane,

con i frutti più squisiti,

alberi di cipro e nardo,

nardo e zafferano, cannella, cinnamomo,

con ogni specie di albero di incenso,

mirra e aloe,

con tutti gli aromi migliori.

Fontana che irrora giardini

Pozzo d’acque vive

Che sgorgano dal Libano.

Alzati o, vento del settentrione, vieni,

vieni vento del meridione,

soffia nel mio giardino,

e si affondano i suoi aromi.

Venga l’amato mio nel suo giardino

E mangi i frutti squisiti.

Sono venuto nel mio giardino, sorella mia, mia sposa

E raccolgo la mirra e il mio balsamo;

mangio il mio favo e il mio miele,

bevo il mio vino e il mio latte.

Mangiate, inebriatevi d'amore. (3,6-5,1)

La preghiera è un mistero non un'azione dell'anima, essa è il "Mistero " in noi. Collegandoci a quanto proposto in precedenza possiamo affermare che la preghiera è un risveglio continuato e sempre rinnovato. Non si può pensare di avere pregato solo perché ci si è posti un certo atteggiamento nei confronti di Dio; anche questa realizzazione se non ben guidata rischia di trasformarsi in emozione e in emozione alla ricerca di emozioni. Pregare è essenzialmente ascoltare Dio, cioè un Silenzio più forte di ogni parola per lasciarsi condurre su strade che non conosciamo.

PRESENZA

Starò con Te

Come son sempre stato,

vivo e morente nelle mie paure

pronto a parlare

di quello che ho vissuto,

come se fosse un anticipo

della mia fine,

e Tu accetta che io soffra

perché non ho compiuto ancora

tutta la strada

che parte dai miei pensieri

e mi conduce

là dove il mio cuore Ti appartiene.

Mi sono addormentata ma veglia il mio cuore.

Un rumore!

La voce del mio amato che bussa:

“Aprimi sorella mia,

mia amica, mia colomba, mio tutto;
perché il mio capo è madido di rugiada
i miei riccioli di gocce notturne".
"Mi sono tolta la veste;
come indossarla di nuovo'".
L'amato mio ha introdotto la mano nella fessura
E le mia viscere fremettero per lui.
Mi sono alzata per aprire al mio amato
E le mie mani stillavano mirra;
fluiva mirra dalle mie dita
sulla maniglia del chiavistello.
Ho aperto allora all'amato mio,
ma l'amato mio se ne era andato, era scomparso.
Io venni meno, per la sua scomparsa;
l'ho cercato, ma non l'ho trovato,
l'ho chiamato, ma non mi ha risposto.
Mi hanno incontrata le guardie che fanno la ronda in città;
mi hanno percossa mi hanno ferita,
mi hanno tolto il mantello
le guardie delle mura.

Io vi scongiuro, figlie di Gerusalemme,
se trovate l’amato mio
che cosa gli racconterete?
Che sono malata d’amore!
Che cosa ha il tuo amato più di ogni altro,
tu che sei bellissima tra le donne?
Che cosa ha il tuo amato più di ogni altro,
perché cosi ci scongiuri?
L’amato mio è bianco e vermiglio,
riconoscibile fra una miriade.
Il suo capo è oro, oro puro,
i suoi riccioli sono grappoli di palma,
neri come il corvo.
i suoi occhi sono come colombe
su ruscelli d’acqua;
i suoi denti si bagnano nel latte,
si posano sui bordi.
Le sue guance sono come aiuole di balsamo
Dove crescono piante aromatiche,
le sue labbra sono gigli

che stillano fluida mirra.

Le sue mani sono anelli d'oro,

incastonati di gemme di Tarsis.

Il suo ventre è tutto d'avorio,

tempestato di zaffiri.

Le sue gambe, colonne di alabastro

Posati su basi di oro puro.

Il suo aspetto è quello del Libano,

magnifico come i cedri.

Dolcezza è il suo palato;

egli è tutto delizie!

Questo è l'amato mio, questo l'amico mio,

o figlie di Gerusalemme.

Dove è andato il tuo amato

Tu che sei bellissima tra le donne?

Dove ha diretto i suoi passi il mio amato,

perché lo cerchiamo con te?

L'amato mio è sceso nel suo giardino

Fra le aiuole di balsamo,

a pascolare nei giardini

e a cogliere gigli.

Io sono del mio amato

E il mio amato è mio;

egli pascola tra i gigli. (Ct 5,2-6,3)

C'è la coscienza del peccato che nasce dalla conoscenza della volontà di Dio e questa conduce alla visione delle proprie colpe e responsabilità. C'è anche la coscienza del peccato che proviene dalla esperienza della preghiera e si percepisce come una mancanza di sintonia con Dio. Non si tratta solo di aver fallito il bersaglio più e più volte, ma si avverte di portarsi dietro una deformazione interiore, che ci allontana dalla somiglianza con Dio. L'immagine di Dio espressa in noi si è a poco sbiadita e deformata, fino a non essere più riconoscibile. All'esterno siamo sempre dei buoni cristiani e dei bravi pastori, però si è meno convinti, meno pronti, meno disponibili. All'apparenza tutto funziona come prima, ma cominciano a manifestarsi delle durezze, delle asprezze, delle esitazioni; un certo pessimismo, una certa tendenza alla polemica fine a se stessa è segno di una stato di dormiveglia, nel senso che non ci interessa più la realtà cosi come essa è, semplicemente, ma ci preme l'immagine che ce ne siamo fatta, quello che vorremmo noi non quello che il Signore ci chiama a realizzare. Bisogna rendersi conto che la possibilità di raggiungere questo strato così profondo dell'anima è un grande dono di Dio e non si ottiene che attraverso la preghiera, la lettura della parola di Dio, la meditazione portata avanti con cura e dedizione quotidiana.

BELLEZZA

Non mi sfugge

La verità nascosta nelle cose,

anche se non so

darle un nome;

solo aspetto che qualcuno

mi narri,

con parole sempre nuove,

quello che non è possibile imparare.

Tu sei bella, amica mia,

come la città di Tirsa,

incantevole come Gerusalemme,

terribile come un vessillo di guerra.

Distogli da me i tuoi occhi,

perché mi sconvolgono.

Le tue chiome sono come un gregge di capre

che scendono dal Galaad.

I tuoi denti come un gregge di pecore

Che risalgono dal bagno;
tutte hanno gemelli,
nessuna di loro è senza figli.
Come spicchio di melagrana è la tua tempia,
dietro il tuo velo.
Siano pure sessanta le mogli del re,
ottanta le concubine,
innumerevoli le ragazze!
Ma unica è la mia colomba, il mio tutto,
unica per sua madre,
la preferita di colei che l'ha generata.
La vedono le giovani e le dicono beata.
Le regine e le concubine la ricoprono di lodi:
"Chi è costei che sorge come l'aurora,
bella come la luna, fulgida come il sole,
terribile come un vessillo di guerra?".
Nel giardino dei noci io sono sceso,
per vedere i germogli nella valle e osservare se la vite metteva gemme
e i melograni erano in fiore.
Senza che me ne accorgessi, il desiderio mi ha posto

Sul cocchio del principe del mio popolo.
Voltati, voltati Sulammita,
voltati, voltati: vogliamo ammirarti.
Che cosa volete ammirare della Sulammita
Durante la danza a due cori?
Come sono belli i tuoi piedi
Nei sandali, figlia di principe!
Le curve dei tuoi fianchi sono come monili,
opera di mani d'artista.
Il tuo ombelico è una coppa profonda
Che non manca mai di vino aromatico.
Il tuo ventre è un covone di grano,
circondato da gigli.
I tuoi seni sono come due cerbiatti,
gemelli di una gazzella.
Il tuo collo è come una torre d'avorio,
i tuoi occhi come le piscine di Chesbon
presso la porta di Bat-Rabbim,
il tuo naso come la torre del Libano
che guarda verso Damasco.

Il tuo capo si erge su di te come il Carmelo
E la chioma del tuo capo è come porpora;
un re è tutto preso dalle tue trecce.
Quanto sei bella e quanto sei graziosa,
o amore, piena di delizie!
La tua statura è slanciata come una palma
E i tuoi seni sembrano grappoli.
Ho detto: " Salirò sulla palma
Coglierò i grappoli di datteri ".
Siano per me i tuoi seni come grappoli d'uva
E il tuo respiro come profumo di mele.
Il tuo palato è come vino squisito,
che scorre morbidamente verso di me
e fluisce sulle labbra e sui denti!
Io sono del mio amato
E il suo desiderio è verso di me.
Vieni, amato mio, andiamo nei campi,
passiamo la notte nei villaggi.
Di buon mattino andremo alle vigne;
vedremo se germoglia la vite

se le gemme si schiudono,

se fioriscono i melograni:

là ti dirò il mio amore!

Le mandragore mandano profumo;

alle nostre porte c'è ogni specie di frutti squisiti,

freschi e secchi:

amato mio, li ho conservati per te.

Come vorrei che tu fossi mio fratello,

allattato al seno di mia madre!

Incontrandoti per strada ti potrei baciare

Senza che altri mi disprezzi.

Ti condurrei, ti condurrei nella casa di mia madre;

tu mi inizieresti all'arte dell'amore.

Ti farei bere vino aromatico

E succo del mio melagrano.

La sua sinistra è sotto il mio capo

E la sua destra mi abbraccia.

Io vi scongiuro, figlie di Gerusalemme,

non destate, non scuotete dal sonno l'amore,

finché non lo desideri. (Ct6,4-8,4)

La bellezza del mondo produce in colui che la percepisce una reazione di meraviglia, di stupore, di attrazione; la bellezza di Dio suscita invece in colui che la incontra e la contempla un senso di sgomento, di disorientamento. Questo perché la prima è un'armonia di forme che, per quanto perfetta e ineffabile, è tuttavia riconducibile ad un complesso di attese già presenti nel cuore dell'uomo; la seconda invece si rivela come Presenza, Santità, Assoluto, Totalmente Altro, realtà che sfuggono completamente all'uomo quanto più vi si addentra. Anche in questo caso dobbiamo affermare che tale esperienza, quella cioè della bellezza Divina, non è di tutti i giorni: essa è un dono che tuttavia nasce dalla continua frequentazione del mondo di Dio, secondo quello che egli ci ha rivelato nella sua Parola e del quale ci da continui anticipi nei sacramenti. Icona perfetta della Bellezza Divina è la sempre Vergine Maria, Madre di Gesù. In lei, nella sua inafferrabile semplicità, si realizza in maniera completa l'Idea di Divina bellezza, l'incontro fra il Divino e l'Umano, senza alcuna aggiunta o alterazione. Per questo il rapporto con Maria è parte integrante della vocazione, dalla sua genesi al suo compimento, non come devozione che si aggiunge ad altre, ma come centro, come fondamento, come modello al quale riferirsi continuamente. Qui risiede la bellezza ultima della vocazione, la sua possibilità di riuscita agli occhi di Dio, nel lasciare che Dio si prenda cura di noi, come Maria ha promesso che Dio si prendesse totalmente cura di Lei.

COMPIMENTO

Questo ultimo mistero

È cosa buona,

pietra angolare

e dolce divenire,

solo la pazienza

mai mi abbandona,

anche se il grido

che c'è in me

tace ancora.

Chi sta salendo dal deserto.
Appoggiata al suo amato?

Sotto il melo ti ho svegliato;

là dove ti concepì tua madre,

la dove ti concepì chi ti ha partorito .

mettimi come sigillo sul tuo cuore,

come sigillo sul tuo braccio;

perché forte come la morte è il tuo amore,

tenace come il regno dei morti è la passione :

le sue vampe sono vampe di fuoco,

una fiamma divina!

Le grandi acque non possono spegnere l'amore

Né i fiumi travolgerlo.

Se uno desse tutte le ricchezze della sua casa

In cambio dell'amore, non ne avrebbe che disprezzo. (Ct 8,5-7)

La vocazione è anche una preparazione alla Morte. La Morte è la definitiva chiamata a Dio ed è quindi, in questa luce, il punto più alto della propria vicenda. Ben lungi dal lasciare tutto è invece ritrovare il Tutto nel quale si è sempre creduto ed al quale ci si è più o meno sempre affidati; è anche un essere trovati finalmente dopo essere stati cercati tanto a lungo ed in tanti modi. Saper morire e sapersi preparare nella forza della Pasqua a questo supremo passaggio è un riassunto ed una elevazione nei momenti trattati in precedenza: l'abbandono a Cristo nella Morte è il più puro dei sentimenti, è la debolezza che diventa forza, è il risveglio definitivo, la preghiera come offerta totale di sé, totalmente personale non solo rituale, è la definitiva uscita dalla possibilità del peccato, è infine lo sguardo verso la Luce. La dimensione escatologica della vocazione non è una risorsa per vivere bene gli ultimi anni di ministero, quanto piuttosto la forza che dovrebbe animare ogni scelta, specialmente agli inizi, quando tendono a prevalere atteggiamenti più legati alle proprie risorse umane e dalle proprie forze, piuttosto che da un abbandono fiducioso alla volontà del Padre.

PICCOLEZZA

Non temo

Quello che dovrà accadere,

anche perché tutto

è già memoria ;

molto tempo trascorso

non è mai storia,

per questo vivo l'oggi

e sto in attesa.

Una sorella
Piccola abbiamo,

e ancora non ha seni.

Che faremo per nostra sorella,

nel giorno in cui si parlerà di lei?

Se fosse un muro

le costruiremo sopra una merlatura d'argento;

se fosse una porta,

la rafforzeremo con tavole di cedro.

Io sono un muro

E i miei seni sono come torri!

Cosi sono ai suoi occhi

Come colei che procura pace! (Ct 8,8-10)

FEDELTA'

Anni di silenzio

Passati troppo in fretta

Per essere vissuti,

eppure una gioia senza tempo

colora ciò che ci resta.

Dimenticare l'impossibile

E diventare profeta,

questo voglio portare nel giudizio

per essere salvato.

Ora però che la giustizia

Bussa alla mia porta

Non voglio prender sonno

Ma fare pace.

Salomone aveva
Una vigna a Baal-Amon;

egli affido la vigna ai custodi .

Ciascuno gli doveva portare come suo frutto

Mille pezzi di argento.

La vigna mia, proprio mia, mi sta davanti:

tieni pure, Salomone, i mille pezzi d'argento

e duecento per i custodi dei suoi frutti! (Ct 8,11-12)

Il Cantico si conclude con due delicate immagini: una fanciulla non ancora formata ed un modesto appezzamento di terra coltivato a vite. Due immagini del popolo di Dio in pellegrinaggio e in minoranza all'interno di un mondo orgoglioso della propria forza. Il popolo di Dio, maturato dall'esperienza suggerita dal Cantico, non si sente per nulla svantaggiato dalla sua irrilevanza. Il popolo di Dio nell'immagine della fanciulla proclama di avere in se stesso una tale quantità di risorse spirituali che nessun attributo di altra natura potrebbe minimamente sostituire. Nell'immagine della piccola vigna, invece, il popolo di Dio afferma di non essere disponibile a nessuna offerta, per quanto desiderabile: nessun allettamento alternativo, per quanto considerevole, potrebbe mai distoglierla dal suo compito di coltivare. Queste due immagini ci dicono la maturità della vocazione: la nostra grandezza viene soltanto per quello che siamo agli occhi di Dio.

ASCOLTO

Solo nel faccia a faccia

Io diventerò richiesta pura

E là riceverò

Come in un dono nuovo,

tutto quello che di me devo,

tutto quello che sono.

Tu che abiti
Nei giardini,

i compagni ascoltano la tua voce:

fammela sentire.

"Fuggi amato mio,

simile a gazzella

o a cerbiatto

sopra i monti dei balsami!". (Ct 8,13-14)

Come nell'esperienza dei due discepoli di Emmaus il Cantico si compie in una fuga del Diletto, non verso l'esterno dei testimoni, bensì al loro interno. Egli non li abbandona, ma li accompagna in maniera diversa. Solo quando il Cantico prende posto permanentemente nel nostro cuore, solo allora esso cessa di essere un altissima composizione letteraria, e diventa per noi l'anticipo del Cantico perenne della Liturgia Celeste.

EPILOGO

Voglio trovare in me

Quel che non è del tempo,

ciò che non dà frutto

e non produce seme,

la mia diversità

nell'unico mistero,

sapienza innata,

ardore silenzioso,

crogiolo

dove accogliere ogni cosa

e purificarla

perché tutto trovi pace

nel mio cuore.

OSSERVAZIONI BIBLICO-TEOLOGICHE SUL "CANTICO DEI CANTICI"

Non è semplice né immediato familiarizzare con il linguaggio del Cantico dei Cantici: ci troviamo subito immersi in una foresta, direi sommersi da una marea di elementi linguistici tratti da un paesaggio naturale quanto mai florido, ridondante di fiori, piante, frutti, animali, popolato da corpi umani giovanili, traboccanti bellezza fino alla sensualità; in certi passaggi il sole nel meriggio splende e brucia quasi impietoso, in altri arriva la notte che, prima promette sogni e riposo, e poi getta in una solitudine angosciosa. Il Cantico ci porta nelle vigne e in giardini rigogliosi; poi ci trasporta nelle strade e nelle piazze di una città anonima, dove si aggirano guardie che incutono paura; siamo trasferiti all'improvviso nel deserto, da dove una prima volta incede un corteo nuziale maestoso e imponente, un'altra volta, dallo stesso orizzonte, viene incontro a noi una coppia stanca, ma che ha finalmente trovato equilibrio e pace. Questi sono solo alcuni degli sterminati panorami di suggestioni, che si intrecciano, ci abbagliano, ci stordiscono, ci inebriano, accelerano le pulsazioni del cuore, affrettano i nostri occhi verso la pagina successiva e noi ci sentiamo inondare da una luce che non è di questo mondo. Tutto ciò si intuisce ben presto, eppure altrettanto presto si dissolve; quando la foresta di simboli si fa fitta ci si può stancare di girare e rigirare lo sguardo, quando la marea di allegorie si ritira si resta ai bordi di una riva più arida di prima. Questo vuol dire che leggendo il Cantico è bene lasciarsi prendere dal fascino immediato, però poi non è permesso evitare la fatica di una lettura attenta, assidua, ripetuta; di una meditazione che unisca mente e cuore, affettività ma anche intelligenza, intuizione e sapienza, esaltazione ed umiltà, immaginazione ed elaborazione completa di ciò che è scritto, come è scritto, secondo l'intenzione di chi ha scritto. Ci sono elementi letterari che si ripetono in punti nevralgici del Cantico, indizi precisi che puntualizzano con oggettività il senso che aveva in mente l'autore. Non soltanto la coppia di giovani protagonisti, che si chiamano ripetutamente con un nome antico e nuovo: amato mio, mia amata. Qui è chiaramente evidente l'allusione ad una storia d'amore straordinaria e complessa, come è quella che ad esempio il Deuteronomio evoca più volte per descrivere ciò che c'è dietro l'iniziativa di Alleanza del Signore Dio con il suo popolo. Troviamo poi la menzione di Salomone, nel titolo, al centro, al termine; non sfugge davvero a chi abbia preso in mano la Scrittura come il figlio di Davide rappresenti nella storia di Israele il punto più alto, più luminoso della intera vicenda e nello stesso tempo l'inizio di quella decadenza ingloriosa che condurrà il popolo fino alla distruzione, all'esilio. Quasi ad ogni passaggio del testo si trova una espressione che mette in luce l'amore per la Terra che Dio ha donato al suo Popolo-Sposa, affinché celebri con Lui le quotidiane nozze e non si lasci attrarre né prostituire dalla apparenza degli idoli, di cui è infestata l'eredità di Israele. Compare spesso nel testo Gerusalemme, il luogo che il Signore ha scelto per posare la sua Gloria ed abitare in essa, la Città della Pace, dalla quale esce la sua Parola di Verità e di Giustizia, il cui ascolto, come promette Isaia, spingerà gli uomini a forgiare le spade in vomeri e le lance in falci e a non esercitarsi più nell'arte della guerra (Is 2,4). Ma l'autore del Cantico è bravissimo a sorvolare rapidamente da una estremità all'altra la Terra Promessa, come si dice "da Dan a Bersabea" (2 Sam 24,25), così, luoghi che non ci sono familiari, che non ci appaiono importanti, assumono il valore sacramentale di una geografia di salvezza, santificata dal Creatore, nelle cui mani sono gli abissi della terra e le vette dei monti (Sal 95,4): che dire infatti di Kedar, Engaddi, Libano, Tarsis, Tirsa, Galaad, Chesbon, Bat-Rimmon, Damasco, Carmelo, Baal-Amon? Addirittura sono resi santi dal solo sguardo del Signore località esterne alla Terra Promessa, come prospettiva di un avvenire radioso di convocazione per tutte le genti all'obbedienza amorosa della Parola che salva (Is 2). Tutto ciò e anche molto, molto altro del testo spiega il senso del titolo e dell'autore in primo piano. Cantico dei Cantici, cioè una lode che più alta non si può, purissima, completa in tutte le sue parti, in grado come nessun altra di unire cielo e terra, cuori e mani, lontani e vicini; in essa si ingiunge alle tenebre di ritirarsi, al mare di non oltrepassare i propri confini, al silenzio di aprirsi alla parola, alla notte di affrettarsi verso il giorno, all'uomo e alla donna di ritrovare la loro unione così come era al principio della Creazione (Mc 10,6), al fratello di riconciliarsi con il fratello, al piccolo di scoprire la propria grandezza, al forte di non insuperbire, al potente di non opprimere, al debole di non temere, al povero di scoprire in se stesso il dono di essere, al ricco di guardare alle cose che non passano. Poi troviamo, solenne come una promessa e una ammonizione celeste, la presenza di Salomone. La sua storia davvero contraddittoria, prima giunge ad altezze elevatissime di sapienza e di arte, poi si lascia contaminare da una miriade di culti lontani dalla Verità dell'Alleanza. Che dire? Qui si anticipa spiritualmente quello che poi dirà San Paolo, quando scriverà che chi crede di stare in piedi guardi di non cadere (1Cor 10,2). Salomone nella sua doppiezza già sembra sbarrare la strada al Cantico, verrebbe da dire: "Da che pulpito viene la predica!". Al resto dello scritto il compito di condurci fuori da questo iniziale labirinto di sensazioni e di provocazioni! Saremo in grado e soprattutto saremo degni di cantare al Signore senza fare la stessa fine di Salomone? Saremo capaci di lodare il Signore non solo a parole ma con i fatti e la verità (1Gv 3,18)? Il resto dello scritto servirà a questo. A noi la fatica di leggere, studiare, meditare, ma soprattutto amare.

SENTIRE

Questi primi versetti del Cantico hanno una duplice funzione. Da una parte sono il primo passo per uscire dalla problematica del titolo. Questa si può riassumere così: come può comporre e pronunciare il cantico più sublime un sovrano così contraddittorio, che si è lasciato trascinare tanto in basso ed è stato la causa prima della rovina di Israele? Dall'altro lato in questo esordio sono annunciati i temi su cui si regge l'intera composizione. Una premessa importante per non smarrirsi nei simboli e non restare alla superficie delle immagini. Il Cantico dei Cantici nella disposizione dei libri biblici, secondo il canone ebraico, fa parte della terza sezione: essi vengono semplicemente chiamati "Scritti", per intenderci quella parte in cui troviamo i Salmi, Giobbe e i Proverbi. Stando sempre alla intuizione di fede di Israele, essi vengono dopo la Legge di Mosè, meglio sarebbe dire l'Insegnamento di Mosè, e i Profeti, dove per Profeti il canone ebraico intende alcuni testi da noi definiti come storici, cioè quelli che vanno dalla conquista di Giosuè fino al Secondo Libro dei Re, che si conclude con la deposizione e l'esilio a Babilonia dell'ultimo re di Israele; a questi fanno seguito i Profeti Scrittori, da Isaia a Malachia. Non sembri superflua e pedante questa precisazione, in quanto, tutto, ha una sua coerenza ben precisa. L'autore del Cantico presume la conoscenza di quanto contenuto prima della sua opera, egli allora si pone a servizio di una intelligenza matura dei Libri di Mosè e dei Profeti. La composizione poetica del Cantico è una continua e raffinata allusione ai fondamenti della fede di Israele. I primi cinque libri di Mosè sono la meditazione sulla promessa fatta ad Abramo e la sua prima realizzazione problematica nella vicenda dell'Esodo, che ha al suo centro il dono dell'Alleanza con il Signore sul Sinai; inoltre il Cantico riprende, con toni diversi, ma con pari incisività, il resto della vicenda del popolo di Dio, il quale, nonostante la stabilità raggiunta e la continua sollecitazione dei Profeti, si è lasciato andare fino a perdere se stesso nella Babele delle Genti. Proprio come se nulla fosse accaduto: un ritorno al caos primordiale, forse anche peggio! Soltanto su questo sfondo prendono la loro vera vita i primi tre versetti, altrimenti confusi da una retorica a noi a lontana. Qui si evocano baci ed effusioni, vino e profumi, corse sfrenate mano nella mano, stanze segrete dove sperimentare una intimità desiderata più di ogni altra cosa. Un aspetto rischia di sfuggire ed è quello che innalza il sonetto a livello davvero ispirato, oltre la poesia d'amore. Per due volte la giovane donna dimostra una certa gelosia, delicata ma frementе: ella ammette che tante altre sue compagne si potrebbero facilmente innamorare del suo amato: egli è tanto bello e desiderabile da non sfuggire agli occhi di chi sente gli ardori della giovane età. Ma questo è il punto: un amore tanto passionale da una parte entusiasma, dall'altro crea e provoca timore, la paura cioè che tutto possa andare perduto. La ragazza teme di non piacere abbastanza, di vedersi superata in avvenenza. Siamo davvero nel cuore dell'Alleanza: un amore tanto grande e gratuito da spingere il Signore del Cielo e della Terra, della Storia presente e di quella futura, a posare lo sguardo su una minuscola porzione di umanità per renderla primizia di salvezza, può facilmente venire frainteso da chi lo riceve, tanto da arrivare a perderlo. Una leggenda ebraica riferisce che tutte le Nazioni vennero convocate al Sinai, ma solo una, il piccolo e marginale Israele, accettò senza condizioni il Patto Santo. Tuttavia Israele sa di non essere ancora confermato in grazia, di non potere né dovere contare sulle proprie forze: non potrebbe reggere il peso; teme quindi di non essere all'altezza e che il suo Amato ad un certo punto ci ripensi. Non ci sfugga il capovolgimento. Normalmente nella Legge e nei Profeti è il Signore ad essere geloso, qui invece è la Sposa: "ho paura di perderti", dice sommessamente, "temo fortemente che qualche altra arrivi a piacerti più di me!" Se i baci e gli abbracci, come le corse e le stanze segrete sono allegorie dei Comandamenti, strumenti di intimità, di unità di intenti fra il Signore e il suo popolo, qui si va oltre: c'è un desiderio di complicità, che va ben oltre l'obbedienza che si sottomette e accetta: la complicità è il vertice di una unione in cui ciascuno vuole liberamente quello che l'altro desidera. Essere gelosi del Signore perché si è coscienti della propria distanza da Lui: questo è il vertice della mistica di ogni tempo! Il tutto viene espresso con leggerezza e fremito continuo! Fosse solo questo il contributo del Cantico potrebbe bastare, ma come vedremo, si andrà ancora oltre! Un'ultima osservazione: l'immagine delle stanze segrete del re da una parte evoca la triste storia della monarchia in Giuda e in Israele, nella cui successione si sono presentati sovrani uno più inadeguato dell'altro, tranne un paio di eccezioni; essi hanno trasformato il rifugio dell'amore in una specie di stanza dei bottoni da cui esercitare il potere e prostituirsi nel culto degli idoli. In secondo luogo la stanza del re allude probabilmente alla storia della regina Ester. Ella brama di entrare là dove siede il sovrano: solo in questo modo potrà tentare di salvare il suo popolo in esilio dallo sterminio decretato con forza irreversibile, ma ella sa anche che chiunque si presenti al sovrano senza essere stato convocato subirà la morte. La fanciulla però non ha scelta. Ama così tanto il suo popolo e nello stesso tempo è così teneramente devota al suo sposo che non può restare chiusa nei propri appartamenti, al sicuro. Conosciamo il seguito della storia: la bellezza di Ester avrà la capacità di intenerire Assuero, in tal modo non soltanto non pronuncerà la sentenza di morte verso di lei, ma, cosa ancora più insperata, revocherà il decreto di sterminio degli Ebrei. Grazie al coraggio di Ester un luogo di potere, di decisioni oscure e sinistre, diventa luogo di redenzione. Molto più tardi San Paolo insegnerà che in Cristo là dove abbondò il peccato sovrabbondò la grazia (Rm 5,20).

DEBOLEZZA

Ora veniamo al nodo cruciale della storia di Israele: l'infedeltà. Dopo l'esordio entusiasmante siamo immersi in uno scenario diverso. All'inizio l'ambientazione è pastorale: greggi e tende, poi tutto si apre verso pianure e vallate; tutto ha inizio in un assolato mezzogiorno, per poi giungere fino alla notte che dona riposo. Sono diversi i personaggi che intervengono prima che i due giovani si riconoscano reciprocamente: le fanciulle compagne della ragazza e i pastori sistemati nelle tende. Famosissimo il primo versetto (Bruna sono ma bella), in cui la fanciulla invita chi la guarda ad andare oltre le apparenze: sotto la pelle scura si nasconde una imprevedibile bellezza. Secondo i canoni estetici del tempo l'abbronzatura non destava per nulla attrazione: la carnagione bruna era propria delle serve, delle persone costrette ad un lavoro all'aperto, esposte per questo ai raggi del sole; le persone di corte invece potevano godere dell'ombra e del fresco, sia nelle stanze che nei giardini. Israele cerca di riscoprire la propria verità originaria rimasta intatta nonostante le contaminazioni; si è fatta serva di altri invece che restare fedele al suo Signore, si è fatta molti amanti (Ez 16), così si è scurita in quello che noi chiameremmo lo smog dell'idolatria. La fanciulla lamenta il giusto rimprovero dei fratelli maggiori: "Ti avevamo dato un compito, custodire una vigna, e tu invece cos'hai fatto fino a questo momento? Nulla!". Israele accusa il colpo del rimprovero dei Profeti, non sa che cosa rispondere a propria difesa, ed è così che si rivolge direttamente all'Amato, il suo Unico, che però a quanto pare non si trova! La fanciulla ha compreso che perdendo se stessa ha perso l'amore della vita, perdendo l'amore della vita ha perso se stessa. Qualcuno accenna ad una soluzione: vattelo a cercare, se ci tieni tanto, l'amore della tua vita! Chissà che non stia tra le tende dei pastori? Ma ammesso che lei ci arrivi, potrà una piccola vergine uscire indenne da un accampamento di soli uomini? Stupenda meditazione: non si può sempre rimproverare! Non si deve andare dietro ogni ispirazione! I Profeti hanno avuto una funzione necessaria, ma a lungo andare la loro predicazione ha avuto un effetto contrario! Qui viene messo in primo piano il tema del ritorno al Signore, a Lui solo! Ed ecco che, in maniera sorprendente, imprevista, l'amato corre incontro all'amata, con una esclamazione che tappa la bocca a tutti! Egli vede nella ragazza del suo amore una forza pari alla cavalla del cocchio del faraone, ella sarebbe addirittura meglio dell'animale segno della potenza del sovrano più potente del tempo. Qui intanto cogliamo una chiara allusione ad alcune tematiche del libro dell'Esodo. Il carro del faraone e il suo esercito avevano inseguito Israele, fino a cacciarlo nel vicolo cieco del Mare dei Giunchi. Ebbene Israele adesso può avere forza maggiore di schiere agguerrite: tutto le viene solo dalla coscienza di essere amato! I minacciosi ornamenti di animali lanciati in battaglia sono sostituiti da regali di fidanzamento: orecchini e collana di perle. Quindi non ci sono più muscoli di animali scalpitanti verso lo scontro diretto, ma piccole orecchie femminili, protese all'ascolto e un collo fine e rilassato, abbellito da raffinati intrecci di oreficeria. Adesso sì che il rapporto è possibile! Sia ben chiaro però che solo l'amato riconosce davvero la bellezza della propria amata, anche sotto il velo nero di una pelle trascurata, anzi egli va ancora oltre, fino ad una bellezza inaccessibile ad altri. L'amata può così riconoscersi solo ricongiungendosi con colui che è la sola ragione della propria vita. Quanto tempo si perde nel cercare riconoscimenti umani, invece di ritrovarsi sempre in Dio e nel ritrovare tutto in Lui! Ora che il rapporto si è instaurato nella semplice verità dell'essere, ecco che tutto si fa riposante: compaiono un bel divano, un letto comodo, una casa profumata e ben arredata! Non ci sfugga l'allusione al Tempio, le cui pareti erano ricoperte di legname pregiato ed odoroso: il cedro e il cipresso, appunto! Lungi dall'essere più un covo di ladri (Mc 11,17; Ger 7,11), luogo di commercio sacrificale con il Signore (Gv 2,16; Zc 14,21), il Tempio torna ad essere la casa del Padre, luogo di preghiera (Lc 19,46; Is 56,7), in una effusione di incensi profumati, segno di anime che si elevano gratuitamente al Dio della Grazia. Lo scenario ora varca i limiti di Gerusalemme: ci troviamo di colpo nel Saron, là dove stanno chiusi nelle loro città i temibili ed indomiti Filistei. Anche in quei luoghi fiorisce un amore vero: solo se e quando Israele si riconcilia con il suo Signore tutto diventa possibile, a cominciare dal dialogo con i nemici esterni. Si passa poi sotto alberi, che molto evidentemente richiamano i culti pagani dei popoli di Canaan alle loro divinità, a cominciare dal capo di tutte: Baal. Ora Israele però può passeggiare da quelle parti senza avere voglia di fare altrettanto, può nutrirsi addirittura delle offerte immolate agli dèi, senza per questo mangiare la propria condanna: tutto è relativo al Signore e nulla di quello che è creato può contraddirlo o superarlo. Questo probabilmente stanno a significare l'ombra degli alberi, le focacce di uva passa, le mele. La malattia d'amore è una vaccinazione contro tutte le tentazioni; si può averla vinta su ogni male ed ogni tentazione solo lasciandosi vincere dall'amore. Non erano arrivati a tanto nemmeno i Corinti evangelizzati da San Paolo (1Cor 8) Poi finalmente arriva il riposo! Come recitano più volte i Salmi ci si può abbandonare al sonno anche trovandosi sotto assedio (Sal 3), se il capo è fra le braccia di chi ci ama; si può mangiare tranquillamente anche davanti allo sguardo minaccioso dei nemici, se ci fidiamo di chi ci ha preparato la mensa (Sal 23).

RISVEGLIO

Ecco allora che ci si può facilmente e fatalmente adagiare e dormire sugli allori. Questo è accaduto proprio a Salomone e prima di lui a Davide, prima di lui a Saul, prima ancora al profeta Samuele e prima ancora al sacerdote Eli, per non parlare di Sansone e di tanti altri. Anche Pietro, Giacomo e Giovanni sono stati vinti da un sonno ambiguo sul Monte della Trasfigurazione, da un sonno pieno di tristezza nell'Orto degli Ulivi. Gli esempi si potrebbero moltiplicare, fino alle vergini stolte che non ce la fanno a restare sveglie, in attesa dello sposo. Questo vuol dire che ben presto si perde di vista il senso del dono, cioè di quello che non viene da noi e che non è per noi, che non ci appartiene (ma cosa veramente ci appartiene?), allora se ne comincia a fare un uso tutto privato, interessato. Si perde di vista il senso della Creazione, in cui ogni cosa è ordinata all'Autore, alla Prima Origine, al Fondamento sempre presente ed interpellante; così si smarrisce il legame che dà sussistenza a tutto e ci si lascia irretire da considerazioni miopi ed individualistiche, si smette di dare gloria al Signore per ricevere gloria gli uni dagli altri (Gv 5,44). Il sonno della fede provoca un senso di autosufficienza: purtroppo è vero che la vita di molti cosiddetti credenti andrebbe avanti benissimo anche se privata di qualsiasi riferimento a Dio. Il mito dell'uomo fatto da sé fa parte dell'economia delle cose non di quella della Redenzione e nemmeno di quella della Creazione. Non che si debba restare immaturi, smidollati e privi di iniziativa, ma almeno saper riconoscere che la nostra forza viene da Dio, che nulla potremmo portare a compimento senza di Lui, che Egli viene sempre prima, che a noi spetta il dopo e solo il dopo. Senza la necessaria premessa della fede che ascolta e della preghiera che accompagna fino al compimento tutto è destinato a corrompersi prima o poi. Segno del giudizio severo di Dio è che certe realtà continuano ad andare avanti, nonostante siano fondate sulla sabbia, in modo che il loro declino inesorabile proceda con lentezza e sia di ammonimento a chi pensi di imboccare la stessa strada. Ecco allora la voce che risveglia da un sonno insano, come quello di Israele che, in fin dei conti si era abituato anche alla schiavitù, nemmeno troppo pesante dell'Egitto e che più volte nel deserto riandava nostalgicamente agli abbondanti prodotti di quella terra. L'amato da parte sua viene, superando le resistenze, raffigurate da muri e da inferriate, da finestre chiuse e porte sbarrate. Quando egli entra la prima cosa che fa è cambiare il modo di vedere il mondo: con Lui si vive sempre dentro una stagione favorevole. Non come la pensa il mondo, normalmente, stando al quale la realtà sarebbe sostanzialmente cattiva, anche se al suo interno si muovono potenzialità di bene; non è così: il mondo è sostanzialmente buono, anche se incrinato dal peccato, anche se all'interno ci sono contaminazioni e falde inquinate. In questa ottica tutto cambia! Non siamo più i paladini di una causa, l'esercito della salvezza delle buone intenzioni, che contrasta la corruzione dilagante, ma solo strumenti, utensili nelle mani di chi sa come servirsi di noi. A ciascuno di noi è richiesta la fedeltà verso Colui che dà vita a tutto, senza complessi di inferiorità, di minoranza, o sindromi da assedio, nel dilagante mare corrotto del mondo. In questo modo si possono vincere le diverse paure, come quella espressa dalla timida tortora che, per timore di essere preda dei rapaci, si rifugia nelle fenditure della roccia. A questo punto l'amata è talmente irrobustita che sa elaborare anche le assenze notturne, non teme nemmeno le insidie della città, supera perfino le guardie dei suoi fantasmi, che si trovano all'interno, soprattutto. Nello spazio di una manciata di versetti ispirati è tracciato, promesso, un itinerario di fede che abbraccia secoli: dall'Esodo, al ritorno dall'Esilio, alla distruzione del Secondo Tempio, alla diaspora, che coinvolge la Chiesa di ogni luogo e di ogni tempo, con le sue persecuzioni esterne e con i nemici al suo interno, il dramma della fede di ogni singolo che abbia il coraggio di chiedere giustizia, santificazione redenzione per sé e per tutti; un cammino di fede gigantesco, sicuramente non ancora compiuto, per molti ancora da iniziare, per tutti quelli cioè che restano sordi e muti, che, pur avendo orecchi, si rifiutano di intendere.

PREGHIERA

Ora viene il giorno tanto desiderato delle nozze. Nel Cantico possiamo individuare una certa alternanza di giorni e di notti, qui però non siamo nella catena degli eventi, l'uno dei quali succede all'altro da cui è stato preparato; i tempi di Dio sono spirituali ed imprevedibili. Spirituali perché concentrici, l'uno all'interno dell'altro: le nozze vengono dopo i capitoli precedenti, ma rivelano quello che lo Sposo-Signore aveva preparato fin dal primo momento; imprevedibili, in quanto non soggetti alla necessità che collega causa ed effetto, progresso o regresso, inizio e fine; qui siamo nel dominio di una libertà personalissima, che varca i limiti dell'immediato, pur restando nell'ambito del contingente, del provvisorio; poiché solo Dio conosce tutte le componenti e le linee di forza e di resistenza che si intrecciano nel mondo, allora solo Lui può imprimere e indicare svolte e momenti di sosta in cui interrogarsi e riflettere, finché la nube non si alzi di nuovo e spinga ad una nuova tappa, come nella conclusione enigmatica del Libro dell'Esodo (Es 40). Nel corteo nuziale tutto è di una solennità accurata: ogni persona ed ogni cosa si trova esattamente al posto che le è stato assegnato, tutto è decoro, tutto emana profumo ed esprime una bellezza forte, rassicurante. Il baldacchino è certo una allusione al Tempio, però riveduto e corretto dalla predicazione dei Profeti: non più scambio commerciale di favori del Signore al suo popolo, in cambio di offerte e di sacrifici, ma disposizione pura di amore, impegno che parte da Lui solo per venire incontro al fedele, che coltiva un solo desiderio: diventare un giusto (Is 1-2). Il baldacchino è l'Altare del Tempio, anzi il Santo dei Santi che è diventato solo sacramento della Presenza ineffabile ma incancellabile; qualora della costruzione non dovesse rimanere pietra su pietra, non per questo il Signore verrebbe meno. Allo spazio sacro profanato succederà il mistero di un tempo continuo, dove il Signore si farà perenne compagnia dei suoi fedeli. Il consenso delle nozze è tutto nelle mani dello Sposo, qui non c'è un sì di risposta dal lato della controparte; il sì della Sposa viene solo nel silenzio che accoglie la Parola che dal Baldacchino-Cielo, immagine dell'Arca dell'Alleanza, viene rivolto al contraente umano. Nemmeno la Sposa sa di essere così agli occhi dello Sposo: solo Lui vede in ogni parte della sua corporeità un motivo per amarla; il Creatore vede ogni cosa come veramente buona, perché basta il suo sguardo a dare vita e senso compiuto; a chi è guardato è riservato un silenzio colmo di intesa, d'ammirazione, di stupore, di intensa e sempre nuova gratitudine. Un clima di intesa si stabilisce tra i due amanti, giunti finalmente a coronare il loro sogno di comunione, le parole diventano interscambiabili: ora lo Sposo rivolge alla sua Sposa quello che da fanciulla ancora inesperta ella aveva riservato al suo custode: “mi fai girare la testa, come quando ci si inebria di vino, o come quando si è inondati di soave profumo”. Qui risiede la potenza insostituibile dei Salmi, a cui dovrebbe fare spazio ogni preghiera, a meno che non si ispiri direttamente, letteralmente ad essi; nei Salmi, come dicono i Padri, il Signore loda se stesso, perché ciascuno di essi è Parola sua; solo a queste condizioni il fedele orante può rivolgersi a Dio senza il rischio di sprecare parole, come i pagani, che credono di convincere le loro divinità a forza di parole (Mt 6). Solo chi ama e chi vive di amore è capace di vedere il tutto nel frammento e di giocarsi l’esistenza in ogni più piccola porzione di essere e di tempo: anche un giardinetto chiuso, una fontanella sigillata, un tenero germoglio, come anche una folata di vento o un favo di miele diventano sacramento della totalità, apertura infinita, annuncio di futuro, promessa di eterno amore. A questo punto verrebbe spontaneo chiedersi perché mai il Cantico non finisca qui, nella pienezza, nella verticalizzazione di ogni prospettiva; cosa c’è ancora da dire? Questa apertura che va oltre le attese umane è ciò che fa di un testo sacro e poetico un libro autenticamente biblico; ogni testo del canone della Scrittura ha questa particolarità: conduce l’uomo al di là dei propri abituali limiti, in un certo senso, anzi i molti sensi i testi biblici alla fine si rivelano deludenti, ma questo non ci deve scandalizzare, perché se fossero semplicemente belli, o istruttivi o costruttivi sarebbero solo espressioni umanistiche, non di qualità divina; quando l’uomo si lascia andare, allora, ha la possibilità di incontrare veramente il suo Signore che parla a lui.

PRESENZA

Ben peggiore del sonno, cui abbiamo accennato precedentemente, c'è la rassegnazione: un cuore che vorrebbe vegliare ma che si lascia imprigionare da una corporeità, cioè da una personalità indurita, disincantata, assuefatta alla normalizzazione, senza avere più nessuno slancio creativo, un po' come il personaggio di Marta, che tutta racchiusa nel suo fare, ingigantita da preoccupazioni tutte sue, non sa più accorgersi della Presenza. Allo stesso modo peggio di una lampada spenta, è la luce sotto il moggio, a cui non interessa più il lucerniere; peggio del caldo e del freddo c'è solo la tiepidezza nauseante (Ap 3,15s.) di un cuore incapace di pronunciare un sì che sia sì o di dire un no che sia tale (Mt 5,37); così tra Giuda che tradisce e Pietro che rinnega non si sa davvero dire chi sia il peggiore; tra il figlio minore che se ne va di casa dopo aver preteso i beni che gli spettano e il figlio che resta a casa, solo per riempire lo spazio di mugugni, non si sa davvero da quale parte convenga stare (Lc 15); peggio di Giuda che consegna Gesù per trenta denari, ci sono Anania e Saffira (At 5) che lucrano sui beni della comunità loro affidati; gli esempi si potrebbero moltiplicare, fino a percorrere tutto l'arco delle Scritture e della Storia della Chiesa di ogni tempo, arrivando ai nostri giorni. Solo questa fanciulla ha il coraggio di partire da sé nella verifica del male: "Sono io e solo io che impedisco al mio cuore di vigilare, perché io stessa lo soffoco con tutto quello che sono". Qui i commentatori rabbinici hanno intravisto una allegoria dell'Esilio in Babilonia, nella cattività gran parte di Israele aveva iniziato ad abituarsi allo status quo, primo della lista il suo ultimo re, Ioiachìn, che si è seduto passivamente e pigramente alla mensa del sovrano babilonese, così per nutrire il suo ventre e tenere al sicuro le sue membra aveva lasciato Israele andare alla deriva (2Re 25). Ma qui troviamo il simbolo della situazione del popolo di Dio di ogni tempo e luogo che si lascia andare pigramente al costume del mondo e non rinnova più la sua mente per poter discernere ciò che è buono, gradito a Dio e perfetto (Rm 12,1s). Questa lamentazione penitenziale è un caso unico nella Scrittura e nella Storia della Chiesa, ancora si attende che qualcuno la faccia davvero propria; qui infatti si va ben oltre la richiesta di perdono al mondo per le mancanze della Chiesa nel corso della storia; la donna sa che prima di tutto deve accorgersi del male che c'è in lei: non può agitarsi o fare bella figura in confronto al male degli altri. Ciascuno ha la propria responsabilità e il proprio personale dovere di conversione, prendendo le mosse da questo preciso istante, senza rimandare oltre, per nessun motivo. Evitando di nascondersi dietro fumose e teoriche responsabilità collettive è importante, e la fanciulla lo dimostra con tutta sincerità, assumersi le proprie responsabilità e metterci la faccia, prendere anche tutte le sberle che si meritano, porgendo, finché serve, l'altra guancia. Io dico che non sono responsabile in nessun modo delle eventuali colpe dei Papi di certe epoche, se è questo che piace ripetere ad ogni occasione ai soliti opinionisti agitati, quando non hanno argomenti concreti o veramente attuali, però non posso e non devo scaricare sugli altri le mie colpe, le mie omissioni, i miei compromessi. Non funziona così! Mi devo interrogare non tanto su cosa fare per un mondo che, stando a certe, sottolineo certe, statistiche, si starebbe allontanando dalla fede, ma soprattutto e prima di tutto chiedermi cosa posso e devo fare io per accrescere la mia fede: non posso davvero contribuire alla progressiva marginalizzazione di Dio e delle sue cose dal cuore degli uomini.

Anche io sono responsabile, per ciò che mi compete, della percezione di assenza, di irrilevanza di Dio dal mondo e dal suo andamento. Dio poi non torna ad ogni schioccare di dita, nel senso che se non mi impegno a fare di tutto perché Egli sia il senso e la chiave di volta del mio mondo, non posso poi invocarne a comando la pronta riapparizione; Dio non è un giocattolo da mettere da parte quando la mia programmazione non lo preveda e da riesumare quando ne avverta la necessità. Troppo comodo! Poi se sono davvero pentito allora come minimo devo accettare la correzione, la sanzione, devo bere fino in fondo il calice di amarezza che ho colmato con le mie stesse mani; non posso dire un giorno una cosa e il giorno dopo proclamare che mi sono sbagliato o che stavo scherzando. Dio e le sue cose sono realtà estremamente serie, non disponibili ai nostri umori passeggeri. Il canto della Sposa che si sta lentamente risvegliando da un torpore colpevole è l'espressione matura e piena di speranza di un senso di responsabilità pieno, del desiderio di una riabilitazione non certo momentanea. Il Signore mi potrà perdonare anche settanta volte sette al giorno, ma questo non risolverebbe il mio problema interiore di fondo, di vita, di fedeltà, per cui, nonostante il reiterato perdono a uscirne impoverito sarò sempre io. Voglio presentarmi al cospetto di Dio coperto di atti di dolore o pieno di atti di amore? Qui sta già la risposta alla problematica iniziale del Cantico. Salomone avrà anche le proprie colpe, ma la rovina del popolo in ultima analisi non è stata dovuta solo ed esclusivamente a lui: ciascuno in Israele è stato una riproduzione in scala ridotta di Salomone e della sua presunzione di salvezza senza aver compito autentiche opere di amore, secondo la Legge. Possiamo riprendere il personaggio di Salomone a partire da un altro libro della Bibbia, anche questo attribuito a lui: il Qoèlet. In esso il re guarda sconvolto le vanità del mondo, ma non muove neppure un dito, come un Ludwig di Baviera ante litteram, il sovrano chiuso nel proprio splendido castello e nella follia del suo isolamento, incapace di un gesto di vera solidarietà verso il suo popolo. Certo che tutto è vanità, se non c'è amore non può essere altrimenti! Ma ciascuno è un cantore vano delle contraddizioni del mondo, se non ha il coraggio di uscire dal proprio guscio, come il Patriarca Abramo.

BELLEZZA

Ora la sposa è riuscita finalmente a tirare fuori il pensiero che le corrodeva lo spirito come un tarlo, adesso si è dolorosamente purificata; non ha cercato attenuanti, né sconti, né indulgenze, né facili quanto inopportune scuse. Ha fatto piena verità in sé. Adesso è pronta ad ascoltare e a capire come sia allo sguardo dello Sposo, come la sua verità risplenda negli occhi di Colui che non la perde d'occhio. Per Lui è unica! Qui non entrano in gioco valutazioni morali o di altro tipo, opera solo una metafisica dell'amore, un'ontologia della Creazione che sfugge a qualsiasi analisi. Tu sei unica! Unica per me! Ora la sposa, nella quale pensiamo che pulsi il cuore di ciascuno, è presente a se stessa e a Colui a cui è destinata; non teme confronti, perché si è fatta carico di se stessa; non si nasconde dietro nulla perché è racchiusa nello sguardo di amore del suo Sposo, rimasto ferito dalle sue contraddizioni. Molto tempo dopo Sant'Igazio di Loyola, ci inviterà a pregare il Crocifisso trapassato dalla lancia: “Dentro le tue piaghe nascondimi!”. Questa parte del Cantico ha le espressioni più elevate. Ora è lo Sposo a sentirsi abbagliato da tanta umiltà, quasi non riesce a sopportare lo sguardo della sposa, è rimasto sconvolto dalla sua confessione a viso aperto! Egli si aspettava un pentimento, invece è arrivato molto di più! La fanciulla ha compreso di aver ferito Colui che non lo meritava: essere la causa dello stupore di Dio, questo è il massimo della grazia, che si ottiene solo abbassandosi per essere da Lui esaltati. Da parte della sposa c’è un’altra espressione, che sembra unica nella Scrittura: ora è lo Sposo a sentirsi attratto da lei; qui troviamo un singolare accostamento: il suo desiderio è verso di lei come, secondo la Genesi, il peccato era accovacciato alla porta di Caino, per farlo fuori appena avesse messo il naso fuori casa. La tentazione è stata sostituita dalla Presenza, la tenebra si è mutata in luce. Dio ha desiderio della sua Creatura, della sua stessa Creatura, desidera quello stesso desiderio effusivo che lo ha portato a donare il suo essere a qualcuno fuori di Lui. Davvero una sposa così trasparente nella sua verità è figura di Maria: guardando alla sua umiltà Dio ha concentrato tutti i crocevia di salvezza nel suo grembo verginale.

COMPIMENTO

Ecco il motivo che dicevo prima, per cui nel Cantico riscontriamo il più singolare dei requisiti di ogni altro testo biblico: esso è umanamente deludente perché sul più bello, quando ci si attende un finale maestoso, di quelli col botto, tutto ritorna in un ambiente arido, desolato: il deserto. Qui prende il congedo una economia fondata sulle cose, sugli oggetti, sui beni, rimane solo il puro rapporto fra i due, senza altre risorse apprezzabili oltre quella di essere uno il sostegno dell'altra! In questo deserto non compaiono baldacchini preziosi, né nuvole di profumi, non ci sono più schiere appiedate di guardie del corpo armate fino ai denti! Dove sono i giardini, aperti o chiusi che siano? Le fontane aperte o sigillate? Non si aggirano più greggi, né animali selvatici, è scomparsa la flora rigogliosa! Dove sono finiti gli alberi da frutto, i fiori, i giovani con le ragazze? Tutto si concentra nel puro ed inalterabile essere del puro amore. Come non ricordare con commozione i versi di una canzone degli anni '60? Essa recitava pressappoco così: "Dove sono andati tutti i fiori? Ciascuno è stato raccolto da giovani ragazze! E le fanciulle in fiore dove sono andate? Ciascuna è andata dal suo ragazzo! E quei giovani ragazzi dove mai sono andati? Ognuno è dovuto partire soldato! E i soldati? Ora sono finiti tutti nei cimiteri! E che ne è delle loro tombe? Adesso ciascuna è piena di fiori! Davvero tutto questo è sempre accaduto e, poiché non impareranno mai, sempre si ripeterà!". Qui tutto invece si concentra nella legge fondamentale della vita: poiché l'amore basta a se stesso esso non può avere come controparte che l'assoluto della morte, a cui, nella sua intollerante esigenza di irrevocabilità assomiglia come null'altro sotto il sole! Questa parte dovrebbe essere indicata come preghiera della sera, come inno dei Vespri in ogni tempo! Alla sera è necessario fare i conti con se stessi, col proprio rapporto con Dio e vedere come stanno messe le cose: se cioè la giornata abbia rivelato come necessario il rapporto con Lui, con Lui solo, prima di tutto il resto, oppure stiamo ancora annaspando tra ambizioni, speranze terrene, progetti che piacciono più che altro a noi, desideri di rivalsa, di riconoscimento, di affermazione, di vanagloria! Solo in questa parte viene menzionato il nome del Signore, ma come un attributo, un superlativo assoluto riferito alla fiamma dell'amore. Il Dio del Roveto Ardente appare qui con apparenze ancora meno evidenti della visione concessa a Mosè. Da questo punto una liberazione nuova, che nessun mare può arrestare, nessun fiume sbarrare, nessuna ondata sommergere. Gli Ebrei in partenza dall'Egitto ricevettero una gran quantità di doni in oro e argento: adesso l'unico dono di cui si debba avere riguardo è l'amore, senza raffigurazioni estranee alla sua purezza, senza confronti, senza misure. Tanto per fare un solo esempio di conclusione deludente di un testo biblico prendiamo gli Atti degli Apostoli. Il grande evangelizzatore delle Genti, Paolo di Tarso, che ha percorso in lungo e in largo l'Occidente, alla fine si trova in un appartamento di Roma, chiuso nei propri ricordi, testimone dell'unica ricchezza che conti: la Parola di Dio da ripetere a coloro che vanno a fargli visita. La Parola così eccede la missione di qualsiasi Apostolo, ha forza propria, ad essa bisogna inchinarsi prima di stabilire progetti o strategie missionarie. Non è davvero un Paolo assopito o rassegnato, o confuso quello della chiusa di Atti, ma un uomo che ha riaperto le porte del proprio cuore all'essenziale, senza il quale tutto si fermerebbe!

PICCOLEZZA E FEDELTA'

Al termine di tutto l'autore del Cantico ritorna, con due delicate immagini, su due episodi molto tristi della storia di Israele. Il primo è l'assedio e la distruzione di Gerusalemme e come lei della Nazione intera, ad opera del conquistatore babilonese, quindi si parla di un nemico esterno (2Re 25); il secondo allude alla vigna di Nabot e al massacro del poveretto ordinato dal re Acab per annettersi la vigna, questa volta il nemico è invece interno (2 Re 21)

Di fronte all'assedio della Città Santa ordinato da Nabucodonosor nulla avevano potuto le mura, le merlature, le porte, le torri e il resto del sistema difensivo. La rinascita di Israele avrà però luogo solo a partire dai piccoli, da coloro cioè che, rinunciando ad ogni atteggiamento aggressivo, violento, trovano la forza nella loro stessa piccolezza, innestata nella potenza del Signore. Senza questa testimonianza Israele è destinato a finire, peggio che sotto i colpi delle invasioni. La sorellina appena in fiore nei suoi attributi di grazia femminile è una garanzia di difesa più che le forze armate disposte in battaglia. Le guerre d'Israele si faranno d'ora in poi solo con questa armatura dell'umiltà, altrimenti l'unico esito è la sconfitta.

Nella seconda di queste immagini l'autore del Cantico torna per la terza ed ultima volta sulla figura sinistra di Salomone. Questa volta, come l'empio Acab, egli pretende più terreno di quanto non ne abbia. A cosa gli serva nessuno lo ha capito, solo ad esibire una inutile potenza. Lo sfondo è quello dello scontro tra il re Acab, aizzato dalla moglie Gezabele e il modesto e mite Nabot. Quando il re gli chiede il prezzo della sua vigna, il pio Israelita risponde che non è in vendita: in essa risiede l'eredità dei suoi padri, cedendo quella cederebbe la sua porzione in Israele, quindi, vista la continuità tra il mondo presente e quello futuro, perderebbe il suo posto nella vita eterna: non può non essere fedele a quello che gli è stato affidato. A questo punto però il re, piccato nel proprio orgoglio, non può accettare un rifiuto, per cui, attraverso false testimonianze ed un inganno vergognoso, fa condurre Nabot alla lapidazione! Solo Elia oserà alzare una voce contraria, ma purtroppo quando ormai è già tardi: Nabot è sotto un cumulo di pietre! Anche Salomone vuole allargare i propri confini, varcando la proprietà privata altrui, contravvenendo quindi ad una divisione catastale che da Giosuè in poi era stata consacrata, come segno di fratellanza e di uguaglianza. Ma Salomone, privo della sua proverbiale sapienza, emette un editto arrogante: pagherà bene chiunque gli cederà il proprio terreno coltivabile, al punto che il venditore quasi vivrà di rendita il resto dei suoi giorni. Anche questa volta uno si oppone e gli fa capire che l'offerta non gli interessa: a lui basta ciò che ha! Ce ne fossero in Israele e nella Chiesa persone che non hanno bisogno di ricchezze per essere ciò che sono e per continuare ad esserlo! Al rifiuto però Salomone sembra non rispondere! Che accadrà? Si comporterà come Acab con Nabot, oppure questo rifiuto sarà per lui occasione di un ripensamento della sua politica, della sua amministrazione, della propria fede? Non è dato saperlo! Una cosa è certa ed è forse il messaggio più esaltante del Cantico! Salomone certo ha fatto errori fondamentali ed irreversibili, ma la colpa non è stata solo sua! Egli in fondo era un singolo, anche se sul trono! Se ciascuno in Israele si fosse opposto come l'anonimo che gli rifiuta il vantaggioso scambio, che non mette le ricchezze in nessun conto personale, allora tutto sarebbe stato diverso. E allora se le cose stanno così, perché non ripartire proprio da qui, senza rimpianti o lamentazioni o rimorsi, ma solo da un purissimo Cantico elevato a Colui che fa nuove tutte le cose?

ASCOLTO

Molto misteriosa appare a prima vista la conclusione del Cantico. Chi, sta parlando a chi? Tentiamo una spiegazione. I monti dei balsami alludono certamente alle due alture più significative della vicenda di Israele: il Sinai e Sion, cioè Gerusalemme, la Città del Grande Re, dove il Signore sarà crocifisso (Ap 11,8). La continuità fra la dono dell'Alleanza e la stabilità di una amministrazione civile che ne rispetti in pieno le clausole è la testimonianza storica di Israele, il contributo che esso lascia a tutta la sua discendenza realizzata nei tempi messianici. Chi allora è colui che abita nei giardini, la cui parola in tanti attendono come decisiva? Mi piace pensare, ma credo di non sbagliare, che l'autore del Cantico si riferisca proprio a Salomone, il sovrano ormai è riconciliato in pieno con il suo popolo, alla cui realizzazione nella fede è definitivamente consacrato. Adesso Salomone percorre i giardini di sua proprietà senza coltivare sogni di grandezza o di potere fine a se stesso, senza cedere alle lusinghe delle donne che si mettono a sua disposizione e ai cui riti di fertilità si potrebbe piegare. Questa quindi è la parola che un vero re messianico dovrebbe pronunciare: che il Signore abiti in mezzo al suo Popolo e che da quella postazione di misericordia parli ed insegni ogni giorno le sue vie, fino all'avvento del Messia che di sé dirà: "Io sono la Via, la Verità e la Vita", perché nessun uomo si sottragga al dovere e al piacere di avere la Parola di Dio come guida, lampada ai passi, sorgente che zampilla, fosse anche dal fianco squarciato di un Crocifisso. L'ultimo monte disponibile al credente sarà proprio il Golgota, dal quale, il Figlio di Dio, vero erede di Salomone, una volta innalzato da terra, attirerà tutti a Sé.

POSTFAZIONE

Ora al termine di questo cammino nel e col Cantico, posso ritenermi davvero soddisfatto, nel senso che tutto si è svolto oltre le mie capacità; è come se fossi andato dal respiro normale ad un respiro più dilatato. La parola del Cantico ha richiamato la mia parola, interiore e sorgiva. Ho respirato un pezzetto di eternità e il viaggio all'interno di me, che sembrava così difficile alla luce delle tante esigenze del reale, è diventato possibile perché il Signore stesso lo ha predisposto, voluto e guidato. Sarei tentato di chiedermi, come si fa tante volte, cosa mi sia rimasto di questa lettura, ma la domanda deve essere ben altra: cosa io sia diventato, oggi, dopo questa lettura e grazie a questa lettura? E' stato per un momento dimenticarmi di me ed essere proteso solo nel tempo, perché lo spazio è sempre troppo ingombrante. Ho dimenticato tutto, tranne la Voce, che mi è giunta attraverso una miriade di situazioni, di simboli, ma soprattutto di allusioni.

Di allusioni è davvero colmo il Cantico poiché tutta la Scrittura e non solo, tutta l'umanità ed ogni singolo uomo, ogni particella della Creazione, si danno convegno nelle pagine del Cantico. Così ho riconosciuto la sinfonia che c'è oltre i rumori, e di cui io sono parte; questo ora sono diventato: capace di sentire e percepire. La mia vocazione risplende ancora di più della luce della vocazione universale di cui il Cantico è lode trionfale. Tutti siamo chiamati ed io ora sono pienamente contento di essere uno dei tanti, poiché se è vero che possediamo sempre poca cosa, tuttavia è il tempo che da valore a tutto. Ho davvero sentito e capito come in tutto ci sia il minuscolo fluire dell'Invisibile.

Giunga il mio grido davanti a te, Signore,

fammi comprendere secondo la tua parola.

Venga davanti a te la mia supplica

Liberami secondo la tua promessa.

Sgorghi dalle mia labbra la tua lode,

perché mi insegni i tuoi decreti.

La mia lingua canti la tua promessa,

perché tutti i tuoi comandi sono giustizia.

Mi venga in aiuto la tua mano,

perché ho scelto i tuoi precetti.

Desidero la tua salvezza, Signore,

e la tue legge è la mia delizia.

Che io possa vivere e darti lode:

mi aiutino i tuoi giudizi.

Mi sono perso come pecora smarrita;

carca il tuo servo: non ho dimenticato i tuoi comandi.

(Salmo 119,169-176)

Applicando la parabola di Gesù, secondo cui “se uno ti costringerà a fare un miglio, tu fanne con lui due”. (Mt 5,41), bisogna essere pronti a farci condurre per tutti i differenti meandri delle Scritture, prima di poter comporre una carta topografica dell’insieme. E una volta che abbiamo compreso, concettualizzato e tematizzato esattamente e adeguatamente tutti i dettagli, bisognerà affezionarsi a ritornare su ciascuno di essi, per succhiarne tutto il sapore e gustarne tutto il senso, allora sì semplicemente e in un silenzio pieno di sostanza. Perché la preghiera con le Scritture ci aiuti a uscire da noi stessi e sia davvero un evento di conversione. (Dal libro “da Dan a Bersabea “Francesco Rossi De Gasperis).

Indice

Printed by Books on Demand GmbH, Norderstedt / Germany